JACK KEROUAC

1922,3,12
MASSACHUSETTS
1969,10,21
ST. PETERSBURG

Jack Kerouac

目录

- 生 平 与 影 像　　04
- 余波：垮掉一代的哲学　　18
- 名 人 媒 体 评 价　　28
- 凯 鲁 亚 克 语 录　　32

生　平　与　影　像

1940年穿着哥伦比亚大学足球制服的凯鲁亚克

1922年	3月12日,出生于美国马萨诸塞州(Massachusetts)洛厄尔城(Lowell),是法裔美国人,本名为让-路易斯-勒布里斯-德-凯鲁亚克,父母是法裔加拿大人。	
1926年	这年夏天凯鲁亚克经历了一场童年悲剧,他深爱的哥哥杰拉德·凯鲁亚克(Gerard Kerouac)在九岁时死于风湿热。凯鲁亚克一家沉浸在悲痛之中,更加深切地信奉天主教。	少年时代
1939年	从洛厄尔中学(Lowell High School)毕业。	
1940年	高中毕业后凯鲁亚克获哥伦比亚大学(Columbia University)足球奖学金,进入哥大之前在纽约霍雷斯·迈因男校(Horace Mann School for Boys)读了一年预科。	青年时代
1941—1942年	进入哥伦比亚大学本科学习,在大学一年级一场足球比赛中摔断了腿,他的教练在他痊愈后拒绝让他参加第二年的比赛,同时由于第二次世界大战的爆发,凯鲁亚克在大二时退了学。	海军预备役征兵照片
1943年	在美国海军陆战队服役,营地	

	训练时因躲在图书馆看书，被以精神病为由除名。后在商船上当水手，随船队去往英国利物浦，并以此开始创作小说《大海是我的兄弟》(The Sea is My Brother)。
1944年	认识吕西安·卡尔(Lucien Carr)、艾伦·金斯堡(Allen Ginsberg)、威廉·巴勒斯(William S. Burroughs)，这三人被认为是"垮掉的一代"文学运动的创始者与精神领袖。8月22日，凯鲁亚克同第一任妻子埃迪·帕克(Edie Parker)结婚。
1946—1948年	写作小说《镇与城》(The Town and the City)，这是一个带有自传性质的故事，讲述了小镇家庭价值观与城市生活激情的交集。并在纽约同尼尔·卡萨迪(Neal cassady)相识。
1948年	同作家约翰·克列农·霍尔姆斯(John Clellon Holmes)相识，提出"the Beat Generation"(垮掉的一代)这一名称。
1948—1950年	凯鲁亚克同卡萨迪(《在路上》(On the Road)主人公狄安·莫里亚蒂(Dean Moriarty)原型)两人从丹佛前往墨西哥城，这次旅行为凯鲁亚克的下一

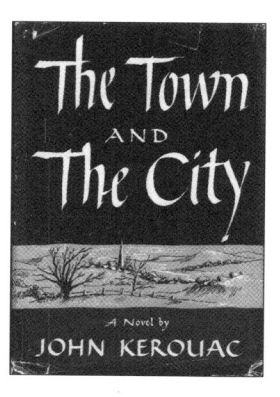

1950年，28岁的的凯鲁亚克

部也是最伟大的小说《在路上》提供了灵感。

1950年　小说《镇与城》出版，尽管这本广受好评的书为凯鲁亚克赢得了些许认可，但并没有让他成名。这年凯鲁亚克与第二任妻子琼·哈维蒂 (Joan Haverty) 结婚。

1951年　凯鲁亚克用三周时间在纽约公寓内的一卷打字纸上疯狂地创作出《在路上》，虽然是在三周内把这部小说写完的，但他花了几年时间为这场文学爆发做笔记。凯鲁亚克将这种写作风格称为"自发的散文"，并将其与他心爱的爵士音乐家的即兴创作相比较。他认为，修改类似于撒谎，削弱了散文捕捉瞬间真相的能力。然而这部手稿被出版社拒绝了，被尘封了六年。

1951—1952年　在纽约和旧金山写作小说《科迪的幻象》(Visions of Cody)，这是一部实验小说，记录了小组成员在吸毒饮酒时的对话，在一系列色彩斑斓的意识流散文中审视了自己的纽约生活，作品于1972年出版。

1952年　在墨西哥城写作小说《萨克斯医生》(Dr. Sax)，萨克斯医生为凯鲁亚克幻想世界里半魔鬼半浮士德式的人物，小说可以被认为是凯鲁亚克用童年的眼光将魔幻故事与儿时

《科迪的幻象》1993年版

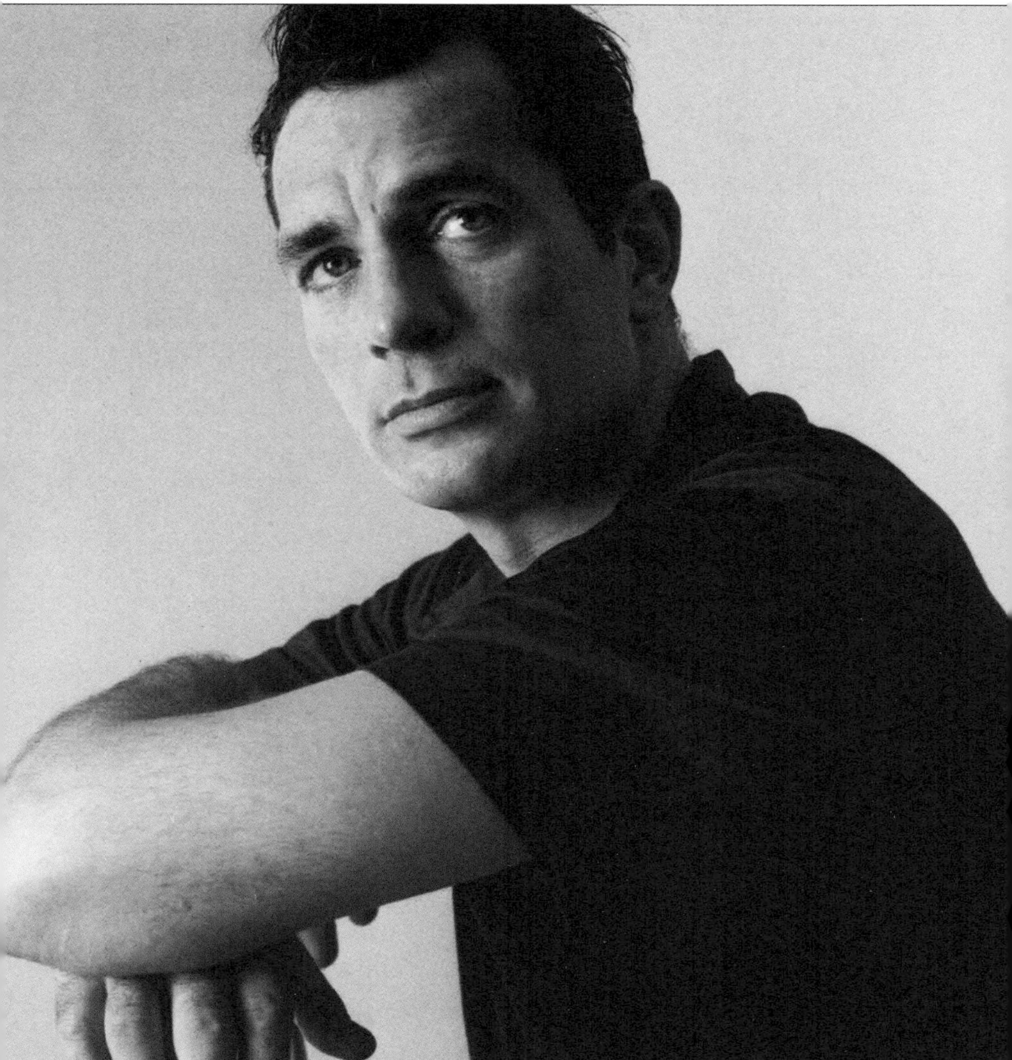

	回忆结合起来的成长传记,具有魔幻现实主义风格。
1952—1953年	来往于旧金山—新墨西哥—纽约—旧金山之间,在铁路上当司闸员。创作小说《玛吉·卡萨迪》(Maggie Cassidy)和《地下人》(The Subterraneans)。《玛吉·卡萨迪》以少年时代凯鲁亚克与玛丽·卡勒的恋爱为原型记述了新英格兰磨坊小镇上的青少年爱情的尴尬、喜悦与绝望。《地下人》则记述了凯鲁亚克与一位黑人姑娘的跨种族恋爱。
1954年	在纽约和加利福尼亚开始研究佛学。在旧金山写作诗集《旧金山布鲁斯》(San Francisco Blues),这是凯鲁亚克以布鲁斯合唱团的形式写的第一部诗集,记录了凯鲁亚克行走在旧金山的日常生活与各种细节的快照思考。凯鲁亚克说道:"在这些布鲁斯音乐中,就像在爵士乐中一样,形式是由时

《萨克斯医生》1959年首版

《玛吉·卡萨迪》1959年首版

《地下人》2001年版

间决定的，是由音乐家在有节奏的合唱中随着时间的节拍起伏而自发的表达和协调决定的。"（……in these Blues as in jazz, the form is determined by time, and by the musician's spontaneous phrasing & harmonizing with the beat of the time as it waves & waves on by in measured choruses）

1955年 写作诗集《墨西哥城布鲁斯》（*Mexico City Blues*），凯鲁亚克融合了自发创作理论的所有元素，记忆、幻想、梦想和超现实主义的自由联想都以布鲁斯的松散形式抒情地结合在一起，创造一部独具特色的感人史诗，展现他对生死等重大人生命题的思考。同时在墨西哥城开始写作长篇小说《特丽斯特莎》（*Tristessa*），讲述凯鲁亚克与一个既是他吸毒同行者又是他悲伤安慰者的墨西哥女孩的故事。10月3日，凯鲁亚克同金斯堡等出席旧金山"六画廊"诗歌朗诵会，金斯堡朗诵《嚎叫》（*Howl*），大获成功。

1956年 完成小说《特丽斯特莎》的写作。同时在北卡罗来纳开始创作小说《杰拉德的幻象》（*Visions of Gerard*），凯鲁亚克对杰拉德的幻象实际就是

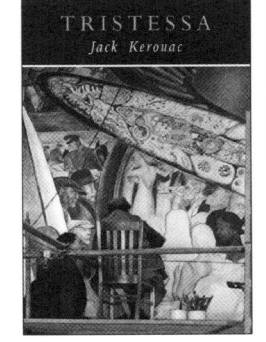

《墨西哥城布鲁斯》2019年版

《特丽斯特莎》2018年版

对自己哥哥杰拉德的想象；在华盛顿州和墨西哥城完成长篇小说《孤独天使》(Desolation Angels) 第一部。这一年金斯堡的诗集《嚎叫及其他》(Howl and Other Poems) 出版。

1957年 小说《在路上》出版，在《纽约时报》的一篇评论的支持下，成为当时的经典之作，评论称："正如《太阳照常升起》比20年代的其他任何小说都更被视为'失落的一代'的宣言，《在路上》将被奉为'垮掉的一代'的信仰声明。"(Just as, more than any other novel of the 20s, *The Sun also Rises* came to be regarded as the testament of the "Lost Generation", so it seems certain that *On the Road* will come to be known as that of the "Beat Generation") 与此同时，凯鲁亚克基于他20世纪50年代中期在佛罗里达的真实经历开始创作小说《达摩流浪者》(The Dharma Bums)，书中的主要人物之一贾菲·赖德 (Japhy Ryder) 的原型即著名诗人加里·斯奈德 (Gary Snyder)，他是凯鲁亚克的密友，其对佛教的兴趣影响了凯鲁亚克。

1958年 小说《达摩流浪者》与《地下人》出版。

1959年 完成小说《孤独旅者》手稿。

《在路上》1957年首版

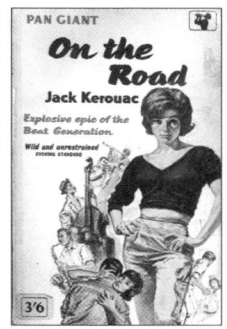

《在路上》1958年版

《在路上》1976年版

《在路上》1996年版

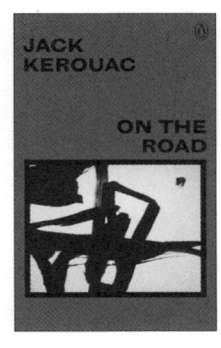

《在路上》2018年版

《在路上》2019年版

1953年，凯鲁亚克在纽约

1959年	出版三部小说：《萨克斯医生》《墨西哥城布鲁斯》《玛吉·卡萨迪》。	
1960年	小说《特丽斯特莎》《孤独旅者》与《梦之书》(Book of Dreams) 出版。	
1961年	在新墨西哥城完成小说《孤独天使》第二部的创作，在佛罗里达完成小说《大瑟尔》(Big Sur)，凯鲁亚克化身为杰克·杜鲁兹 (Jack Duluoz)，被成功过度淹没后，杜鲁兹来到加利福利亚海滨大瑟尔的一间小屋，记录下偏执迷乱的空虚思绪，试图找回精神的清醒。	
1962年	小说《大瑟尔》出版。	
1963年	小说《杰拉德的幻象》出版。	
1965年	在佛罗里达完成小说《萨托里在巴黎》(Satori in Paris)，小说中的杰克·凯鲁亚克是一位来自加拿大的自由自在的法裔美国人，他前往法国寻找自己姓氏的起源，这本书也许比他的其他任何小说都更像是一本关于凯鲁亚克一生，及其与东方神秘主义的故事的书，该书	

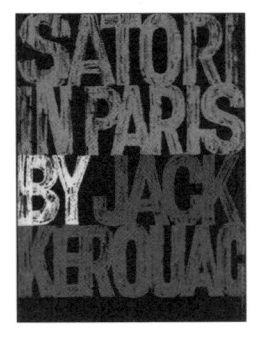

《孤独旅者》1960年首版

《大瑟尔》1963年版

《萨托里在巴黎》1966年首版

于1966年出版。同年,小说《孤独天使》出版。

1966年 5月同母亲迁往故乡洛厄尔;11月9日,同第三任妻子斯特拉·桑帕斯(Stella Sampas)结婚。

1967年 凯鲁亚克在洛厄尔创作他人生的最后一部小说《杜鲁阿兹的虚荣》(Vanity of Duluoz)。凯鲁亚克带着同样温柔的幽默和令人陶醉的文字游戏,将另一个自我从新英格兰小镇的足球场带到霍勒斯·曼(Horace Mann)与哥伦比亚(Columbia)的操场和教室,在第二次世界大战期间乘坐一艘商船航行在北大西洋的亚污染水域,然后回到纽约,这是他出版第一部小说的地方,他的朋友们是有一天会被称为"垮掉的一代"的作家们。《杜鲁阿兹的虚荣》于1968年出版。

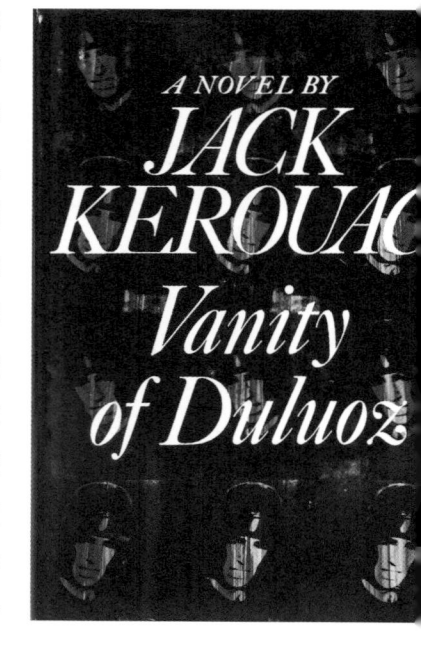

1968年 尼尔·卡萨迪死于墨西哥。凯鲁亚克到欧洲作短期旅行。

1969年 10月21日,47岁的凯鲁亚克病逝于佛罗里达州圣·彼得斯堡(St. Petersburg, Florida)。

1957年，凯鲁亚克在纽约爵士圣地The Village Vanguard阅读分享他的短篇小说

余 　 AFTERMATH 　 波

THE

PHILOSOPHY

OF THE

BEAT

GENERATION

垮　掉　一　代　的　哲　学

王梓涵
译

凯鲁亚克的打字机

多的咖鲁亚克

垮掉的一代，是我们的一种幻象。在20世纪40年代后期，约翰·克列农·霍尔姆斯和我，以及艾伦·金斯堡过着比别人更加狂野的生活，我们是疯狂而闪亮的一代潮人，突然崛起，席卷全美。我们严肃、好奇、颓废，搭顺风车四处漂泊；我们衣衫褴褛，却快乐安逸，我们以丑陋而优雅的新方式绽放美丽——从时代广场的角落到村镇的街角，再到战后美国各个其他城市市中心的城市之夜，我们都能听到人人都在提"垮掉"这个词，因此这就是"垮掉的一代"这一幻象的由来。"垮掉"意味着一无所有、落魄潦倒，但又充满强烈的信念。我们甚至听到1910年的老潮人也在街头巷尾说起这个词，言语中还带着阴郁的嘲讽。"垮掉的一代"绝不是指少年犯，而是一群

被称为"垮掉的一代"的美国先锋派创意艺术家们。左一戴帽者格里高利·科尔索，左二画家拉里·里弗斯，左三杰克·凯鲁亚克，右一艾伦·金斯堡，右二演员大卫·阿姆拉姆。

有独特精神力量的人,他们不拉帮结伙,而是特立独行的巴托比症人,孤独地凝望着人类文明这堵死墙上的窗户。那些终于摆脱了西方"自由"机器的地下英雄们,他们沉迷于波普爵士乐、寻找一闪而过的灵感、体验"癫狂的感官刺激"、说着稀奇古怪的话、宁愿贫困潦倒却甘之如饴、引领新的美国文化风潮,他们试图开创一种全新的(我们是这么认为)且完全不受欧洲影响(有别于"迷惘的一代")的潮流,一种新的符咒。同样的情况也发生在战后法国的萨特和热内,以及更多我们认识的作家身上。但至于"垮掉的一代"是否真实存在,很可能只是我们脑海中的一个想法。我们喜欢二十四小时不眠不休,喝着一杯又一杯的黑咖啡,一遍又一遍地听着沃德尔·格雷、莱斯特·杨、德克斯特·戈登、威利斯·杰克逊、莱尼·特里斯塔诺以及其他一些人的唱片,疯狂地谈论着街头巷尾的神圣而新奇的事情。我们喜欢写一些奇怪的快乐黑人的故事——留着山羊胡的爵士乐圣徒搭便车穿越爱荷华州,用绑起来的号角吹响神秘的信息,并传送到其他沿海地区和其他城市,仿若名副其实的身无分文者沃尔特一样,领导着一场无形的第一次十字军东征。我们有我们自己神秘的英

雄，并写下了关于他们的纯文学小说，为美国地下英雄创作竖行长诗，称颂他们是新的"天使"。事实上，只有少数人是真正的时髦猫，而且到了朝鲜战争期间（以及之后）他们就迅速消失了，被美国一种不祥且高效的新形式文化潮流代替。也许这是电视普及的结果，而不是出于其他原因（比如《警网擒凶》电影里那些"和平"的警官们所带来的全面警察控制），但1950年代之后，垮掉的一群人便消失在监狱或疯人院里，或被大众羞辱成为沉默的顺从者。这一代人本身存在时间就短暂，且人数很少。

但是，如果这些事情不是真的，那也就没必要写了。然而由于某种奇迹般的蜕变，朝鲜战争后的年轻人突然变得又酷又垮掉，有了

1963年，凯鲁亚克在纽约

自己的姿态和风格；很快，到处都这样了，人人都换了副新面孔，一副"扭曲"又颓废的面孔。最后这种面孔甚至开始出现在电影（詹姆斯·迪恩）和电视上；对于我们这些喜欢沉迷于节奏的人来说，波普乐曲曾经是藏在我们心中秘密角落里的小众爱好，但如今却开始出现在主流管弦乐中（我指的是尼尔·海夫蒂的音乐作品，而不是巴锡创作的乐曲），波普音乐成了商业、流行时尚界和文化圈的共同财产；"垮掉的一代"使用的一些潮语，如"太牛了""挂了""茬子""搞定""咋说呢"（究竟该咋说呢，你懂的）

"滚蛋",等等,如今已经变成了大众熟悉的常用语;就连颓废潮人们的服装风格也演变成年轻人喜欢的摇滚风,并经由蒙哥马利·克利夫特(皮夹克)、马龙·白兰度(T恤)和埃尔维斯·普莱斯利(长鬓角)等人带动起这股风潮,"垮掉的一代"尽管已经陨落,但通过这些符号和潮流得以复活并合理存在。

旅途中的凯鲁亚克

这段历史和经历真实存在过,但可悲的是,当别人请我解释和说明一下何为"垮掉的一代"时,那些曾经真正的垮掉的一代却早已远去,消失不见。

至于对垮掉的一代含义的分析……谁知道呢?即便我们仍处在金钱对所有人是唯一重要东西的文明末期,我认为"垮掉的一代"中却诞生了奥斯瓦尔德·斯宾格勒所预言的西方(特指浮士德的最后故乡美国)第二宗教信仰(指在《西方的没落》中用来表示文明精神发展的最后阶段)的东西,因为这种生活方式中有隐含的宗教元素，比如说一个像斯坦·盖茨一样的年轻小伙子，是"垮掉的一代"中最出色的爵士乐天才，但当他试图抢劫一家药店，并被抓进监狱后，突然对上帝产生了幻象并乞求忏悔。我们在早期的垮掉的一代潮人中总能听到关于"世界末日"和"基督再临"之类的奇怪言论，这些言论言之凿凿、热情狂热又异想天开，摆脱了布波族的物质主义。

孩子对世界末日的善恶大决战有着天真而痴迷的幻象（一般监狱里的犯人常会这么想）；另一个幻象是上帝意志下的转世。还有一个奇怪的幻象，是得克萨斯末日启示录（得克萨斯城市爆炸前后）。随后，有个男孩疯狂地跑进教堂寻求庇护（警察打断了他的胳膊把他拽了出来）。还有在时代广场上的一个孩子说自己看到了基督再临的幻象，还被电视转播了（所有这些都是真事，的的确确发生过，在我所认识的跟我同代的人当中，这些事情屡见不鲜，日常生活中时有发生。）

在西方人继续"文明"的理论和发展相对论之前，他们发现早期哥特风依然回潮，比如喷气式飞机、超级炸弹等等变得越来越大。因此，正如斯宾格勒所说，当我们的文化日落西山时（根据他的解释和描述，现在应该已经是这个时候了），文明的探索和发展已经尘埃落定。瞧，那落日的余晖再次揭示了我们最初的担忧，揭示了人们对世俗有多么漠不关心，比如对世俗的厌倦、对"上帝"的再次渴望或忏悔，对"天堂"这种无尽之爱的精神忏悔。我们的电磁引力理论和我们对太空的征服将证明，除了追求高效的技术会被迭代以外，其他的一切都会保留，"天堂"是对无尽之爱的精神遗憾是永恒的。就像沧海桑田之后的人类，必将唤醒内心深处对神行的渴望……再一次的。

鲍勃·迪伦和艾伦·金斯堡在杰克·凯鲁亚克的墓前

　　我们都知道宗教复兴，比利·格里厄姆这类人，"垮掉的一代"，甚至存在主义者，他们都用知识做面具，用冷漠做伪装，但实际上他们都代表着更深层次的宗教性，渴望着离开这个世界（这不是我们的国度），"高层次"、狂喜、被拯救，就仿佛沙特尔和克莱沃的隐修圣徒一样，春风吹又生，又回到我们身边，穿过僵直的文明人行道，疲惫地前行着。

　　又或者脱胎于迷惘一代的垮掉一代，也只是向最后的无力一代又迈进了一步，他们也不会知道答案。

　　不管怎样，种种迹象表明，它的影响已经在美国文化中扎下了根。也许吧。或者，它又有什么不同呢？

杰克·凯鲁亚克

1958年3月1日　载《时尚先生》杂志

名 人 媒 体 评 价

1959年，杰克·凯鲁亚克在纽约七艺咖啡馆读书

凯鲁亚克一进入文坛，就像一阵清新的空气。同时，他也是一股力量，一个悲剧，一次胜利，一种不断上升的影响，并且持续至今。

——诺曼·梅勒

作家，1968年与1979年两届普利策奖获得者

凯鲁亚克……他定义了自己那一代人的情感，我们知道他们穿着这样的伪装：垮掉的一代、地下人、达摩流浪者；现在我们把他们看作是孤独的天使，可悲地追逐着他们空虚的徒劳……《孤独天使》也许比凯鲁亚克的其他小说更好地解释了宗教在垮掉派神秘主义中的地位。

——纳尔逊·艾格林

作家，首届美国国家图书奖小说奖获得者

凯鲁亚克升高了美国文学的温度，自此再不会降下来。

——约翰·厄普代克

作家，1982年和1991年两届普利策奖获得者

凯鲁亚克的每一本书都独一无二，充满心灵感应式的众声喧哗。他过人的天赋在20世纪下半叶可谓旷世无俦，他综合了作家普鲁斯特、赛利纳、托马斯·沃尔夫、海明威、热内、松尾芭蕉以及爵士钢琴大师塞隆尼斯·蒙克、萨克斯风手查理·帕克和他自己敏锐与宗教性的视角。正如凯鲁亚克的伟大同侪威廉·S·巴勒斯所言，凯鲁亚克是一位"真正的作家"。

——艾伦·金斯堡

作家，"垮掉的一代"之父

对于凯鲁亚克，写作是一场反抗虚无感和绝望感的战争，它们经常淹没他，无论他的生活看上去多么安稳。他曾经说，当他老了后，他绝不会感到厌倦，因为他可以捧读自己过去的所有冒险史。

——**乔伊斯·约翰逊**
作家，美国国家书评人协会奖获得者，凯鲁亚克曾经的恋人

凯鲁亚克是我所喜爱的一个作家。他不做家禽，要做野鸟、野兽。

——**木心**
作家、画家

如果普利策奖授予最能代表美国生活的书，我会提名《孤独天使》。

——**丹·韦克菲尔德**
《大西洋月刊》

(《孤独天使》) 美国文学中最真实、最滑稽、最灰暗的旅程之一。

——**《时代周刊》**

凯鲁亚克是极端的，但他是真诚的，他还活着，而且是土生土长的。

——**《图书馆杂志》**

生活是伟大的，很少有人能比凯鲁亚克更有趣地把它的热情、坦率、悲伤和幽默写在纸上。

——**《旧金山观察家报》**

1959年，凯鲁亚克（左）与艾伦·金斯堡（右）

凯　　　鲁　　　亚　　　克

QUOTATIONS

语　　　　　　　　　　　　　　　录

凯鲁亚克与《在路上》手稿

Desolation Angels
《孤独天使》

《孤独天使》1981年版

★ 我独自来到孤独峰顶，将其他所有人抛诸脑后，将在这里独自面对上帝或者我佛如来，一劳永逸地找出所有存在和苦难的意义，在虚空中来去自如。

★ 我的生活是一场巨大的精神错乱，在任何地方都没有起点，也没有终点，如同虚空，如同轮回。

★ 强大的摆渡者闪着紫红色的金光，衣衫泛出丝绸光泽，将我们以无舟之舟渡向可渡亦不可渡之虚空，爱染明王那合上的眼睑睁开凝视。

★ 当一个生命诞生时，他就进入了睡眠，并进入梦境，梦见自己的生命；当一个生命死亡时，他被埋进坟墓，这时他将醒来，进入解脱的大欢喜之中。

★ 心性即佛性。在群山之侧，我的佛性欢喜自在，同时处于开悟和无明之中，但也可能同时处于无无明和无开悟之中。

★ 霍佐敏山，那些岩石，从不吃喝，从不储藏，从不叹息，从不梦想遥远的城市,从不等待秋天,也从不撒谎——或许它渴望这样——呸!

★ 我要找一个地方写诗,写下关乎心灵而不是岩石之诗。最可怕的是,孤独山之行让我在自我的无底深渊的底部发现了我自己,而且失去了幻想的余地。我的意识变成了碎片。

★ 我背着我的包、带着我的内心领悟到达旧金山之后,发现的第一件事情就是所有的人都在混日子——他们荒废时间——漫不经心——为琐事口角——在上帝面前茫然无措——甚至连天使都在明争暗斗——而我所领悟的道理正是——在这世界上,每个人都是天使。

★ 对于死后之人,唯一的惩罚就是再生。

★ 这个令人发狂的所谓虚空并不在意我们所做的一切,因而一切都毫无分别。

★ 可我已经厌倦了,所以必须下山重返尘世,然而却无法把握我的生活,它不过是怒火,是丧失,是破碎,是危险,是混合,是恐惧,是愚蠢,是自负,是冷笑,一切都是狗屁狗屁狗屁……

★ 中国古代诗人寒山吟唱道——没有地图,没有背包,没有山火瞭望员,没有电池,没有飞机,没有电台警讯,天地一片和谐,只有蚊虫低沉的嗡嗡声和溪水的潺流声——可是，这不过是上帝营造的幻境，而我是这幻境的一部分，是这幻境当中具有自我意识的一部分，它让我领悟这个世界并生活于其中。我一边念起了金刚经文："汝若在此，若非在此，若在若非在，当作如是观。"

★ 事情到底什么时候才能终了？这是一条生老病死永劫轮回的道路，在时间和空间里永远轮回下去。一切必须终了，可是天啊，它却永远都无法终止！

★ 湖中那些欢愉自在的秘密鱼群曾经一度是天空的飞鸟，但它们堕落了——天使们也堕落了；这些渔夫，失去了翅膀，必须糊口。

★ 在这个喧嚣的世界里，我们都得彼此喊话，人们在谈话室里互相喊话，或者耳语，众声喧哗融入到一片深远、纯净而神圣的静穆之中，只要你学会了如何倾听，你就能永远听到这静穆之声。

★ 我们将在行走之时行走，在告别之时告别——包括那永久的告别。到那时，我们三人各自的灵魂将会归来，以不同于现在的形式归来，但不再回归到三个肉身之中，而只是穿过尘世——我们将是上帝的灵魂天使，那么，坐下来，祝福吧。

★ 我仰望天空，看到了星斗，一如既往，如此孤独，而在它们之下的天使甚至不知道自己就是天使。

★ 随便在哪条街上都能扫出一堆像我这样的人来。

★ 在雪与岩之间，我感受到纯粹的激情。岩可坐，雪可饮，还可朝着房子扔雪球——我为昆虫和将死的公蚁激情燃烧，我为耗子和杀死耗子激情燃烧，我为天宇之下延绵不绝的雪峰激情燃烧，我为满天星斗的夜晚激情燃烧——激情，我成了一个愚夫，而我应该去爱、去忏悔……

★ 等待着时间流逝，等待着，就像贝克特笔下的主人公，无望地等待着……而我，我一定要去做点什么，到达某个地方，建立某种和谐，我要说话，我要行动，我要跟他们一起沉沦，跟他们一起癫狂……

★ 我发现自己脚不点地，我们都脚不点地，似乎在期待着什么，而那"什么"却是虚无——它撕扯着我的神经，占据了我的意志，最后我不得不满怀伤感地跟他们道别，走进夜色之中。

★ 你既不可能赢也不可能输，一切都是泡影，一切都是忧烦。

★ 真是愚不可及——我无法理解夜晚——我恐惧人群——我独自快乐行走——无所事事——当我在孤独峰的后院里散步时，跟我在第三街的大街散步一样糟——或者说一样好——二者有何分别呢？

★ 物质与能量守衡——而物质和能量的总和就是空。

★ 我又孤独了。那种感觉再次来袭：逃避这个世界，它只不过是琐屑和无聊的混合体，最终了无意义。但用什么来替代它呢？此刻，我再次被抛向更为残酷的"冒险"，将要横渡眼前的海洋。

Lonesome Traveler
《孤独旅者》

《孤独旅者》2018年版

★ 红红的火车锅炉把你无所不能的影子投到夜色之中。你看见所有的小型农场式的加利福尼亚家庭，傍晚人们在起居室里吃喝，向甜蜜敞开，星星，孩子们一定能够看见的希望，他们躺在小床上，向上仰望，星星在他们铁路大地的上空悸动，火车呼啸着，他们想着今夜星星将会出现，他们来了，他们离开，他们沐浴，他们如天使一般，啊，我一定来自某个允许孩子哭泣的地方，啊，我希望在加利福尼亚我是一个孩子。

★ 一夜接连一夜地想着星星，我开始意识到"星星是话语"，而所有的银河系数不清的世界是话语，这个世界同样也是。我意识到无论我在哪里，是在一个充满思想的小屋内，或是在这个星星和山野数不清的无尽的宇宙里，一切都存在于我的意识中。没有孤独的必要。所以热爱生活本来的样子吧，不要在你的头脑里建立任何先人之见……

On the Road
《在路上》

★ 我这辈子就喜欢跟着吸引我的人，因为对我胃口的都是疯狂的人，他们疯狂地生活，疯狂地谈话，疯狂地寻求救赎，渴望同时拥有一切，他们从不厌倦，从不讲陈词滥调，而是像神奇的黄色焰火筒那样，燃烧、燃烧、燃烧，在星空中炸裂开来。

★ 你的道路是什么，老兄？——乖孩子的路，疯子的路，五彩的路，浪荡子的路，任何路。那是一条在任何地方、给任何人走的任何道路。到底在什么地方，给什么人，怎么走呢？

★ 我要再和生活死磕几年。要么我就毁灭，要么我就注定铸就辉煌。如果有一天，你发现我在平庸面前低了头，请向我开炮。

★ 真正不羁的灵魂不会真的去计较什么，因为他们的内心深处有国王般的骄傲。

The Dharma Bums
《达摩流浪者》

★ 我已经不再知道些什么，也不在乎，而且不认为这有什么要紧的，而突然间，我感到了真正的自由。

★ 相信这世界是一朵纤美的花，你就能活下去。我同时也知道我是世界上最差劲的流浪汉，可我的眼中有钻石的光芒。

★ 我希望过的生活，是在炎热的下午，穿着巴基斯坦皮凉鞋和细麻的薄袍子，顶着满是发碴的光头，和一群和尚弟兄，骑着脚踏车，到处鬼叫。我希望可以住在有飞檐的金黄色寺庙里，喝啤酒，说再见，然后到横滨这个停满轮船、嗡嗡响的亚洲港口，做做梦，打打工。我要去去去，去日本，回回回，回美国，咬紧牙根，闭门不出，只读白隐的书，好让自己明白……明白我的身体以及一切都累了、病了，正在枯萎。

★ 我唯一喜欢的事情就是攀火车到各地去和在树林里生火煮罐头吃。我觉得，这种人生，要胜过当一个有钱、有家庭或有工作的人。

★ 这世界上所有令人厌恶的伤害，所有烦人的工作，我又怎么会放在心上呢，人的躯体不过是一副无用的皮囊，在世上空度岁月，而整个的宇宙也不过是空空如也的一天繁星罢了。

★ 想想看，如果整个世界到处都是背着背包的流浪汉，都是拒绝为消费而活的"达摩流浪者"的话，那会是什么样的光景？现代人为了买得起冰箱、电视、汽车(至少是新款汽车)和其他他们并不真正需要的垃圾而做牛做马，让自己被监禁在一个工作—生产—消费—工作—生产—消费的系统里，真是可怜又可叹。你们知道吗，我有一个美丽的愿望，我期待着一场伟大的背包革命的诞生。届时，将有数以千计甚至数以百万计的美国青年，背着背包，在全国各地流浪，他们会爬到高山上去祷告，会逗小孩子开心，会取悦老人家，会让年轻女孩爽快，会让老女孩更爽快；他们全都是禅疯子，会写一些突然想到的、莫名其妙的诗，会把永恒自由的意象带给所有的人和所有的生灵。

★ 噢，永远年轻，永远热泪盈眶。

版权声明：

《余波：垮掉一代的哲学》为图书附赠品，不单独销售。其中涉及杰克·凯鲁亚克本人不同时期的图片，因信息繁杂，我社通过各种路径均无法获得著作权人的准确信息。请版权拥有者联系我们，出版社会及时处理相关事宜。